Geschichten

aus der Reihe
„Perlen unserer Erinnerung"

Singen und Wandern – das ist unser Leben

Carmen Sabernak (Hrsg.)

Bibliografische Information der Deutschen Nationalbibliothek:
Die Deutsche Nationalbibliothek verzeichnet diese Publikation in der Deutschen Nationalbibliografie; detaillierte bibliografische Daten sind im Internet über dnb.d.nb.de abrufbar.

Impressum
2015 © Carmen Sabernak, alle Rechte vorbehalten

Herstellung und Verlag:
BoD - Books on Demand, Norderstedt

Satz und Layout:
Nicole Mewes

Bildnachweise:
© by-studio © sonne fleckl - Fotolia.com
© Carmen Sabernak, GELA und Nicole Mewes - Privatarchiv

ISBN: 9783738659931

Inhalt

Vorwort

Carmen Sabernak hatte die Idee, die Erinnerungen unterschiedlicher Menschen zu sammeln.

Erinnerungen, die wertvoll wie Perlen sind. Sie fragte in der Teltower AWO-Gruppe nach und es fanden sich schnell MitstreiterInnen.

Einmal im Monat trafen sie sich, tauschten Erinnerungen aus, lasen aus ihren Geschichten und verbrachten schöne gemeinsame Stunden. So wurde recht schnell der Entschluss gefasst, diese „Perlen unserer Erinnerungen" in kleinen Büchern aufzubewahren.

Die Geschichten sind so unterschiedlich, wie die Menschen, die sie erlebt haben. Einzelne Geschichten wurden zum Teil schon vor einigen Jahren verfasst. Deshalb finden sich teilweise auch noch Texte in der alten Rechtschreibung.

Diese wurden absichtlich nicht angepasst, denn es sind Perlen aus der betreffenden Zeit.

Wir wünschen Ihnen ebenso viel Vergnügen beim Lesen, wie wir Freude hatten, das Buch zu gestalten.

Herzliche Grüße
das AutorInnenteam

Natur sans souci

Und geh ich in den Wald hinein
So lass ich meine Sorgen sein
Von Baum zu Baum und grün zu grün
Versuchen sie mich zu berührn
Doch zwanglos geh ich Schritt für Schritt
Nehm all die saftigen Farben mit

Einen Ast in der Hand
Den Weg lang gerannt
Werfe ich ihn weit weg
Nun liegt er im Dreck

Wo ist er jetzt hin
Langsam versteh ich den Sinn
In dem Aste das Leid
Für den Moment noch bleibt
Und so lauf ich weiter in den Wald hinein
Lasse all meine Sorgen sein.

Susanne

Musik ist mein Leben

Leise und schöne Töne wurden mir wohl schon in die Wiege gelegt.

Da meine Eltern sehr musikalisch waren, wurde in meinem Elternhaus viel gesungen. Auch die Geschwister meiner Mutti waren stimmlich sehr begabt.

Der Bruder meiner Mutti spielte leidenschaftlich Akkordeon, so war bei jedem besonderen Anlaß Musik angesagt. Besonders liebten meine Eltern das Lied: „Was schleicht dort im nächtlichen Walde".

Der Wilddieb

Was schleicht dort im nächtlichen Walde
so einsam wildernd umher?
Hält in seiner Rechten,
so krampfhaft und fest sein Gewehr?

Da tritt aus dem nahen Gebüsche
ein stolzer Hirsch hervor,
er wittert nach allen Seiten,
hebt stolz sein Geweih empor.

Halt Schurke, die Büchse herunter!
So tönt es von drüben her,
dich Wilddieb, dich such ich schon lange,
von der Stelle kommst du mir nicht mehr.

Der Wilddieb gibt keine Antwort,
er kennt ja die sichere Hand,
ein Knallen und gleich drauf ein Aufschrei
und der Förster lag sterbend im Sand.

Du bist heut im Zweikampf gefallen,
der Wilddieb drauf reumütig spricht,
du hast deine Pflicht treu erfüllet,
doch das was ich tat, weiß ich nicht.

Da drückte der Wilddieb dem Förster,
die gebrochenen Augen zu,
und flüsterte leise die Worte:
Gott schenke dir ewige Ruh.

Er stellt sich im Ort dem Gendarmen,
gepeinigt von Reue und Glut,
Gott schenk meiner Seele Erbarmen,
ich büß für des Försters Tod.

altes Küchenlied/Volkslied

Aber auch das Lied: „Die Heimkehr" wurde in meinem Elternhaus häufig gesungen. Ich kannte es damals nur unter: „Warum weinst du, holde Gärtnersfrau".

Die Heimkehr

Müde kehrt ein Wandersmann zurück,
nach der Heimat seiner Liebe Glück.
Doch bevor er tritt in Liebchens Haus,
kauft er ihr den schönsten Blumenstrauß.

Und die Gärtnerin, so hold und bleich,
zeiget ihm ihr ganzes Blumenreich.
Doch bei jeder Rose, die sie bricht,
rollt eine Träne ihr vom Angesicht.

Warum weinst du, holde Gärtnersfrau,
weinst du um der Veilchen Dunkelblau
oder um die Rose, die du brichst?
Nein, ach nein, um diese wein ich nicht.

Ach ich wein um den Geliebten mein,
der gezogen in die Welt hinein,
dem ich ew'ge Treu geschworen hab,
die ich als Gärtnersfrau gebrochen hab.

Warum warst du untreu in der Zeit,
hast gebrochen den geschwornen Eid?
Ach so gib mir, holde Gärtnersfrau,
einen Strauß von Veilchen dunkelblau.

Mit dem Blumenstrauße in der Hand,
muß ich wandern durch das ganze Land,
bis dereinst mein müdes Auge bricht,
Leb' wohl, Geliebte, und vergiß mich nicht.

Leberecht Dreves (1816-1870)

Ich hatte eine jüngere Schwester, die leider an einer unheilbaren Hauterkrankung litt. Um ihre Schmerzen erträglicher zu machen, sangen meine Eltern ihr kleine Lieder vor und trugen sie abwechselnd auf dem Arm.

Auch ich wollte ihr Leid etwas lindern und sang oft das Lied „Guten Abend, gute Nacht" oder „Schlafe mein Prinzchen, schlaf ein".

Wir konnten mit all unseren Liedern meine Schwester wohl erfreuen, doch leider aber die Krankheit nicht heilen. Als sie von uns gegangen war, verstummte unser Gesang für eine lange Zeit.

Guten Abend, gut' Nacht

Guten Abend, gut' Nacht,
mit Rosen bedacht,
mit Näglein besteckt,
schlupf unter die Deck:
Morgen früh, wenn Gott will,
wirst du wieder geweckt.

Guten Abend, gut' Nacht,
von Englein bewacht,
die zeigen im Traum
dir Christkindleins Baum.
Schlaf nun selig und süß,
schau im Traum's Paradies.

(Altes Schlaflied nach Clemens Brentano (1778-1842),
Strophe 1 und Georg Scherer (1824-1909), Strophe 2)

Guten Abend, gut Nacht

(Wiegenlied)

1. Gu-ten A-bend, gut Nacht, mit Ro-sen be-dacht, mit
2. Gu-ten A-bend, gut Nacht, von Eng-lein be-wacht, die

1. Näg-lein[1) be-steckt, schlupf un-ter die Deck: Mor-gen
2. zei-gen im Traum dir Christ-kind-leins Baum. Schlaf nun

1. früh, wenn Gott will, wirst du wie-der ge-weckt, mor-gen
2. se-lig und süß, schau im Traum's Pa-ra-dies, schlaf nun

1. früh, wenn Gott will, wirst du wie-der ge-weckt.
2. se-lig und süß, schau im Traum's Pa-ra-dies!

[1) Nelken

Deutsches Volkslied
Worte der 1. Strophe aus *Des Knaben Wunderhorn* III, 1808, Worte der 2. Strophe: Georg Scherer, 1849
Weise nach dem Klavierlied op. 49, Nr. 4 von Johannes Brahms, 1868 · Satz: Siegfried Matthus, 1981

Schlafe, mein Prinzchen, schlaf ein

Schlafe, mein Prinzchen, schlaf ein,
es ruhn Schäfchen und Vögelein.
Garten und Wiese verstummt,
auch nicht ein Bienchen mehr summt.
Luna mit silbernem Schein
gucket zum Fenster herein.
Schlafe beim silbernen Schein.
Schlafe, mein Prinzchen, schlaf ein.

Auch in dem Schlosse schon liegt
alles in Schlummer gewiegt,
reget kein Mäuschen sich mehr,
Keller und Küche sind leer.
Nur in der Zofe Gemach
tönet ein schmelzendes »Ach«.
Was für ein »Ach« mag dies sein?
Schlafe, mein Prinzchen, schlaf ein.

Wer ist beglückter als du?

Nichts als Vergnügen und Ruh!

Spielwerk und Zucker vollauf

und auch Karossen im Lauf.

Alles besorgt und bereit,

dass nur mein Prinzchen nicht schreit.

Was wird das künftig erst sein?

Schlafe, mein Prinzchen, schlaf ein.

Friedrich Wilhelm Gotter (1746-1797)

In der Schule wurde natürlich auch gesungen und unser Lehrer, Herr Liebau, erteilte den Musikunterricht. Er erkannte schon früh mein gesangliches Talent. Auf der Tagesordnung stand fast immer das „Ännchen von Tharau".

Oft stand er mit seiner Stimmgabel neben mir, klopfte sie auf die Schulbank und holte den höchsten Ton aus mir heraus. Seine Devise lautete: Üben, üben, nochmals üben.

Eines Morgens betrat er mit Knickerbocker und weißen Kniestrümpfen das Klassenzimmer. Ein helles Lachen erfüllte den Raum. Ich muß wohl besonders aufgefallen sein, denn er sprach zu mir mit wütender Stimme: „Spaß beiseite, Ernst komm vor". Ich mußte also vortreten, denn ich hieß damals noch: Christel ERNST.

Mit weichen Knien stand ich nun vor der Tafel. Dicht neben mir stand wieder der Lehrer mit der Stimmgabel in der Hand und forderte mich auf, das „Ännchen von Tharau" zu singen.

Leise begann ich, aber schnell war der Bann gebrochen und ich trillerte, was das Zeug hielt. Im Klassenraum war es mucksmäuschenstill und nach meinem Liedvortrag raunte er mir leise zu: „Das hast du gut gemacht".

Das war er also – mein erster Soloauftritt – und meine Leidenschaft für die Musik war geweckt. Meine Schulnote in Fach „Musik" war immer ein „Sehr gut".

Ännchen von Tharau

Ännchen von Tharau ist's die mir gefällt,
Sie ist mein Leben, mein Gut und mein Geld.
Ännchen von Tharau hat wieder ihr Herz
Auf mich gerichtet, in Lieb und in Schmerz
Ännchen von Tharau, mein Reichtum, mein Gut,
Du meine Seele, mein Fleisch und mein Blut.

Käm' alles Wetter gleich auf uns zu schlah'n
Wir sind gesinnt, beieinander zu stah'n.
Krankheit, Verfolgung, Betrübnis und Pein
Soll unsrer Liebe Verknotigung sein.
Ännchen von Tharau, mein Reichtum, mein Gut,
Du meine Seele, mein Fleisch und mein Blut.

Recht als ein Palmbaum über sich steigt,
Je mehr ihn Hagel und Regen angreift:
So werd' die Lieb in uns mächtig und groß,
Durch Kreuz, durch Leiden, durch allerlei Not.
Ännchen von Tharau, mein Reichtum, mein Gut,
Du meine Seele, mein Fleisch und mein Blut.

Würdest du gleich einmal von mir getrennt,
Lebtest da, wo man die Sonne kaum kennt:
Ich will dir folgen, durch Wälder, durch Meer,
Durch Eis, durch Eisen, durch feindliches Heer.
Ännchen von Tharau, mein' Sonne, mein Schein,
Mein Leben schließ' ich in deines hinein.

Ursprünglich „Anke von Tharaw" soll von Simon Dach 1637

geschrieben worden sein - von Johann Gottfried Herder (1744 - 1803)

vom samländischen Original 1778 in das Hochdeutsche übertragen

Ännchen von Tharau

1. Änn - chen von Tha - rau ist's, die mir ge - fällt.
Änn - chen von Tha - rau hat wie - der ihr Herz
2. Käm al - les Wet - ter gleich auf uns zu schlahn,
krank - heit, ver - fol - gung, Be - trüb - nis und Pein
3. Wür - dest du gleich ein - mal von mir ge - trennt,
ich will dir fol - gen durch Wäl - der und Meer,

1. Sie ist mein Le - ben, mein Gut und mein Geld.
auf mich ge - rich - tet in Lie - be und Schmerz.
2. wir sind ge - sinnt, bei - ein - an - der zu stahn.
soll uns - rer Lie - be ver - kno - ti - gung sein.
3. leb - test du, wo man die Son - ne kaum kennt,
Ei - sen und Ker - ker und feind - li - ches Heer.

1.u2. Änn - chen von Tha - rau, mein Reich - tum, mein Gut,
3. Änn - chen von Tha - rau, mein Licht, mei - ne Sonn,

1.u2. du mei - ne See - le, mein Fleisch und mein Blut!
3. mein Le - ben schließt sich um dei - nes her - um!

Worte (gekürzt): Heinrich Albert (?), hochdeutsch von Johann Gottfried Herder
Weise: Friedrich Silcher

Wir wohnten als Großfamilie im Hause meiner Groß-mutter. Sie verkaufte Zigaretten und Flaschenbier. Dadurch kehrten viele Gäste bei uns ein. Bei schönem Wetter saßen wir sonntags singend mit den Gästen unter unserer Weinlaube.

Eines Tages besuchte uns ein Arbeitskollege mei-nes Onkels, der ein gebürtiger „Deutschrumäne" war und sein Akkordeon mitgebracht hatte. Mein Onkel spielte auch Akkordeon und mein Vater begleitete mit einem Bandonion. Es wurde wunderbare Musik gemacht und der Rest der Familie sang fröhlich mit.

Besonders in Erinnerung blieb mir, wie der Kollege meines Onkels in seinem Dialekt und sehr wehmütig das Lied: „Auf der Heide blüh'n die letzten Rosen" sang.

Auf der Heide blüh'n die letzten Rosen

Versunken ist die Frühlingszeit
kein Vogel singt im Lindenhain.
Die Welt verliert ihr Blütenkleid
und bald wird Winter sein.
Verlassen ist der Holderstrauch,
an dem ich einst geküsst.
Es blieb ein Duft, der wie ein Hauch
aus fernen Tagen ist.

Auf der Heide blüh'n die letzten Rosen.
Braune Blätter fallen müd' vom Baum
und der Herbstwind küsst die Herbstzeitlosen.
Mit dem Sommer flieht manch Jugendtraum.
Möcht' einmal noch ein Mädel kosen,
möcht' vom Frühling träumen und vom Glück.
Auf der Heide blüh'n die letzten Rosen.
Ach, die Jugendzeit kehrt nie zurück.

Noch immer hör' ich jenes Lied,
das einst die Nachtigall uns sang.
Wenn auch mein Herz, wie einst noch glüht,
mir wird zum Abschied bang.
Wenn ich mich auch zu trösten weiß
mit Lachen und Humor.
Aus meinem Aug' da fließt ganz leis'
ein kleines Tränchen vor.

Auf der Heide blüh'n die letzten Rosen.
Braune Blätter fallen müd' vom Baum
und der Herbstwind küsst die Herbstzeitlosen.
Mit dem Sommer flieht manch Jugendtraum.
Möcht' einmal noch ein Mädel kosen,
möcht' vom Frühling träumen und vom Glück.
Auf der Heide blüh'n die letzten Rosen.
Ach, die Jugendzeit kehrt nie zurück.

Holde Jugend, holde Jugend
kämst du einmal noch zu mir zurück.

Bruno Balz (1902-1988)

Auf der Heide blüh'n die letzten Rosen

Lied aus dem F. D. F.-Tonfilm:

„Herbstmanöver"

Aufführungsrecht
vorbehalten

Text von Bruno Balz

Musik von Robert Stolz, Op. 655

Im Volkston (ruhig)

GESANG

1. Ver-
(2. Noch)

PIANO

mf

p

p mf

Etwas lebhafter

sun-ken ist die Früh-lings-zeit, kein Vo - gel singt im Lin-den-hain. Die Welt ver-liert ihr
im-mer hör' ich je - nes Lied, das einst die Nach-ti-gall uns sang. Wenn auch mein Herz wie

p

mf

Blü - ten-kleid, und bald wird Win-ter sein! Ver-las - sen ist der Hol-derstrauch, an
einst noch glüht, mir wird so abschieds-bang! Wenn ich mich auch zu trö-sten weiß, mit

p

rit.

a tempo

dem ich einst ge-küßt, es blieb ein Duft, der wie ein Hauch aus fer - nen Ta-gen ist. Auf der
La - chen und Hu-mor, aus mei-nem Aug' sticht sich ganz leis' ein klei-nes Trän-chen vor.

rit.

a tempo

Refrain
Sehr innig, ruhig

1.u.2. Hei - de blüh'n die letz-ten Ro - sen, brau-ne Blät-ter fal-len müd'vom Baum, und der

Herbst-wind küßt die Herbst-zeit - lo - sen, mit dem Som-mer flieht manch Ju-gend-traum. Möcht'

ein-mal noch ein Mä - del ko - sen, möcht' vom Früh-ling träu-men und vom Glück. Auf der

Hei - de blüh'n die letz-ten Ro - sen, ach, die Jugendzeit kehrt nie zu-rück! Hol-de Ju - gend, hol-de

1.u.2. Ju - gend, kämst du ein-mal doch zu mir zu-rück! 2. Noch ein-mal doch zu mir zu-rück!

W. B. V. 1930   Stich und Druck August Scherl GmbH., Berlin SW 68

Durch einen Bombeneinschlag während des Krieges verloren meine Großmutter und die Familie das Haus und ihr gesamtes Hab und Gut. Wir zogen dann nach Ruhlsdorf und es begann auch für mich ein neuer Lebensabschnitt.

Zu meiner großen Freude wurde von einem ausgebildeten Chorleiter, Herrn Greimann, ein gemischter Chor gegründet. Sofort wurden meine Mutti und ich Mitglieder in diesem Chor und von nun an wurde wieder viel gesungen.

Jeden Mittwoch fand eine Chorprobe statt und damit begann nun meine richtige „Gesangslaufbahn". Der Chorleiter förderte mich, indem er mir unentgeltliche Privatstunden gab und die Lieder wurden immer anspruchsvoller. Wir waren schon gut gefestigt und nahmen mit großem Erfolg an Wettbewerben teil.

Ich war bald schon so gut „eingesungen", dass ich oft einen Soloauftritt hatte. Meist trug ich das „Ännchen von Tharau" vor oder auch das „Heidenröslein".

Heidenröslein

Sah ein Knab ein Röslein stehn,
Röslein auf der Heiden,
War so jung und morgenschön,
Lief er schnell, es nah zu sehn,
Sah's mit vielen Freuden.
Röslein, Röslein, Röslein rot,
Röslein auf der Heiden.

Knabe sprach: „Ich breche dich,
Röslein auf der Heiden!"
Röslein sprach: „Ich steche dich,
Dass du ewig denkst an mich,
Und ich will's nicht leiden."
Röslein, Röslein, Röslein rot,
Röslein auf der Heiden.

Und der wilde Knabe brach
's Röslein auf der Heiden;
Röslein wehrte sich und stach,
Half ihm doch kein Weh und Ach,
Musst es eben leiden.
Röslein, Röslein, Röslein rot,
Röslein auf der Heiden.

Johann Wolfgang von Goethe (1749 - 1832)

Heidenröslein

J.W. von Goethe (1749-1832)

Heinrich Werner (1800-1833)
Satz von Engelbert Humperdinck (1854-1921)

(Auch in F-Dur)
♩.=52

1. Sah ein Knab ein Rös-lein stehn, Rös-lein auf der Hei - den, war so jung und mor-gen-schön, lief er schnell, es nah' zu sehn, sah's mit vie - len Freu - den. Rös-lein, Rös-lein, Rös-lein rot, Rös-lein auf der Hei - den.

2. Kna - be sprach: „Ich bre - che dich, Rös-lein auf der Hei - den!" Rös-lein sprach: „Ich ste - che dich, daß du e - wig denkst an mich, und ich will's nicht lei - den." Rös-lein, Rös-lein, Rös-lein rot, Rös-lein auf der Hei - den.

3. Und der wil - de Kna - be brach 's Rös-lein auf der Hei - den. Rös-lein wehr - te sich und stach, half ihm doch kein Weh und Ach, mußt es e - ben lei - den. Rös-lein, Rös-lein, Rös-lein rot, Rös-lein auf der Hei - den.

Ich traute mir auch zu, das „Vilja-Lied" von Franz Lehar aus der Operette „Die lustige Witwe" zu singen und hatte damit großen Erfolg.

Besondere Freude hatte ich an diesem Lied, als ich es im Duett mit einem Tenor singen durfte.

Vilja-Lied

Es lebt' eine Vilja, ein Waldmägdelein.
Ein Jäger erschaut' sie im Felsengestein.
Dem Burschen, dem wurde so eigen zu Sinn,
Er schaute und schaut' auf das Waldmägdlein
hin.
Und ein nie gekannter Schauer
Faßt' den jungen Jägersmann.
Sehnsuchtsvoll
Fing er still zu seufzen an:

Vilja, oh Vilja, du Waldmägdelein,
Faß mich und laß mich dein Herzliebster sein!
Vilja, oh Vilja, was tust du mir an!
Bang fleht ein liebkranker Mann.

Das Waldmägdlein streckte die Hand nach ihm
aus.
Und zog ihn hinein in ihr felsiges Haus.
Dem Burschen die Sinne vergangen fast sind:
So liebt und so küßt gar kein irdisches Kind!

Als sie sich dann sattgeküßt,
Verschwand sie zu derselben Frist.
Einmal noch
Hat der Arme sie gegrüßt.

Vilja, oh Vilja, du Waldmägdelein,
Faß mich und laß mich dein Herzliebster sein!
Vilja, oh Vilja, was tust du mir an!
Bang fleht ein liebkranker Mann.

(aus: „Die lustige Witwe" von Franz Lehár))

Nach meiner Hochzeit im Jahre 1958 zog ich nach Teltow und meine Gesangskarriere war nun für viele Jahre beendet.

Erst nach dem Tod meines Mannes 1998 und der plötzlichen Einsamkeit suchte ich eine Abwechslung. In meinen Gedanken hieß diese Abwechslung – Musik –, denn Musik befreit die Seele.

Der Zufall wollte es, dass ich eingeladen wurde, den Seniorenclub in Teltow doch einmal kennen zu lernen. Gesagt, getan. Ich besuchte den Club und war hoch erfreut, als ich erfuhr, dass dort ein Seniorenchor mit ca. 25 Mitgliedern bestand. Ich überlegte nicht lange und schon sang ich im Chor des Seniorenclub Teltow mit meiner Sopranstimme.

Es begann für mich eine schöne und abwechslungsreiche Zeit. Wir hatten auch eine liebevolle Chorleiterin, die uns auf dem Klavier begleitete. Wir waren sehr angesehen und dadurch bekamen wir die Möglichkeit, zu besonderen Anlässen aufzutreten. Ich erinnere mich gern an Weihnachtsfeiern in Seniorenheimen, an einen Auftritt zur Seniorenwoche, an den Gesang zu Jubiläen und an die Einweihung der „Lavendel-Residenz" in Teltow und noch viele andere schöne gesangliche Höhepunkte. Diese Auftritte wurden vergütet, so daß wir uns auch mal einen Ausflug leisten konnten.

Nach vielen Jahren wurde unsere Chorgemeinschaft leider etwas getrübt. Meine – noch immer – hohe Stimmlage harmonierte nicht mehr mit den anderen Stimmen des Chores. Es fiel mir schwer, als Sopran plötzlich tiefer singen zu müssen und mich damit stimmlich-gesanglich anzupassen.
So verließ ich nach 10 Jahren traurig und wehmütig den Chor.

Aber das Alleinsein machte mich nicht glücklich. Ich suchte nach einer Abwechslung. Durch Zufall erfuhr ich von der AWO-Teltow. Ich war erstaunt, wie viele Veranstaltungen dort angeboten wurden und spielte zunächst in der Rommé – Runde mit.

Nach einiger Zeit ergab sich für mich die schöne Gelegenheit, dass aus der Kartenspiel-Runde auch eine Singegruppe entstand. Die Sängerin Rosemarie Popp bildete uns musikalisch weiter. Bald entstand nun ein a capella Chor, der sich „Die Evergreens" nannte. Der Name bezieht sich natürlich auf uns Damen im fortgeschrittenen Alter.

An zwei Tagen im Monat treffen wir uns zur Chorstunde. Wir freuen uns, wenn wir mit unseren Darbietungen bei Veranstaltungen das Programm bereichern können, so zum Beispiel beim Frühlingssingen in der AWO vor geladenen Gästen.
Bei Weihnachtsfeiern und im Altersheim freuen sich die Senioren über unsere Lieder.

Unsere gemeinsamen Treffen erfüllen uns mit Freude und wir erleben fröhliche Geselligkeit.

So hat das Singen für mich auch im hohen Alter wieder einen Sinn ergeben. Die Liebe zur Musik bringt Freude in mein Leben und ich hoffe, noch lange dabei zu sein.

Christel Hübner

Lausitz

Lausitzer Bergland
wie bist du schön!
Mit deinen Tälern
und deinen Höhn.

Heimat der Sorben
wirst du genannt.
Das ist uns allen
gar wohlbekannt.

Schirgiswalde, du Perle darin,
bist für uns Besucher ein Hauptgewinn.
Wenn wir auf deinen Bergen steh'n,
können wir weit in die Ferne seh'n.

Ganz hinten, im Blauen,
lockt wieder ein Ziel.
Uns wird das Wandern
niemals zu viel.

Und unten im Tale
da plätschert die Spree.
Wir fahren Boot
auf dem Sohlander See.

Wenn darüber noch hell
der Sonnenschein lacht,
hat uns die Wanderfahrt
Freude gemacht.

Gela, Herbst 1983

Das Wanderleben

Lustig ist das Wanderleben.
Du mußt bei uns keinen heben.
Trotzdem sind wir fröhliche Leut',
Man wird Freunde, nicht nur für heut'.

Sportlich ist das Wanderleben.
Hier kannst du dein Bestes geben.
Drückt dich manchmal auch ein Schuh,
vergeht der Schmerz doch im Nu.

Erholsam ist das Wanderleben.
Da kannst Du viel Schönes erleben.
Gehst du über Berg und Tal,
siehst du Blumen und Tiere ohne Zahl.

Bildend ist das Wanderleben.
Lernen kannst du hier und streben.
Kommst du in ein fremdes Land,
machst du dich mit ihm bekannt.

Schön ist doch das Wanderleben.
Wenn die Lerchen sich erheben
und die helle Sonne lacht,
bleiben wir draußen, bis zur Nacht.

Gela

Dem Sonnenschein entgegen

Dem Sonnenschein entgegen
ihr Wandersleute all'!
Dann hört ihr aller Wegen,
der Vögel schönen Schall.

Mit frohem Herzen, leichtem Schritt,
geht alle, alle häufig mit.
Wir sind die lustigen Wand'rer
und bleiben länger fit.

Gela

Wohin die Wege weisen

D as alte Jahr ist nun vorbei.
Das neue hat begonnen.
Es lebe uns're Wanderei!
Wir haben viel Freud' gewonnen.

Wir wollen in dem neuen Jahr
das schöne Land bereisen,
in Wald und Flur, auf Berg, im Tal.
Wohin die Wege weisen.

Gela

Einfall am Scharmützelsee

Heut' ist Sonntag.

Was machst du?

Ich geh' wieder wandern.

Komm doch mit!

Gela

Kanon zur Melodie von „Bruder Jacob"

Extrablatt

Potsdamer Wanderbund

Organisiert an Wochenenden

Tolle Wanderungen in der

Schönen Umgebung Potsdams.

Dietrich Kern,

Als Vorsitzender des Bundes,

Macht eine gute Arbeit.

Er leitet die Weiterbildung der Wanderführer und

Richtet unter anderem

Wanderwochen im Fläming aus.

Alle drei Vereine machen auch Fahrten

Nach Wanderzielen im In- und Ausland.

Das Wandern dient der aktiven

Erholung. Bei den Mitgliedern sind

Rentnerwanderungen sehr beliebt.

Baberower, Eisenbahner und Eifeler sind

Untereinander gute Freunde. Den Organisatoren sagen wir

Nach 15 Jahren PWB:

Danke!

Gela, 2005

Wandern

Es gibt keine unbequemen Wege
für echte Wanderfreunde.
Nur diejenigen haben Aussicht
schwierige Strecken zu bewältigen,
die die Mühe nicht scheuen,
schmerzende Füße ignorieren
und bei denen die Begeisterung siegt.

Gela, 15.04.2015

Elflein

Dampfer Helgoland
Überfahrt für Jung und Alt
Frohgestimmt und laut.

Wandergruppe läuft
Durch die Lande kreuz und quer
Sieht viel Neues dort.

Gela

Der „Weg-Finde-Orden""

Lieber Jürgen,
in Anbetracht Deiner großen Verdienste
um die deutsche Wanderbewegung,
insbesondere für den Eifelverein P-T e.V.*,
verleihen wir Dir den „Weg-Finde-Orden".

Getreu Deinem Motto:
„Wo ein Landmann ist, ist auch ein Weg",
führtest Du uns über Stock und Stein
durch die Sächsische Schweiz und
fandest immer den richtigen Weg.

Ich überreiche Dir den
„Weg-Finde-Orden am Bande".
Herzlichen Glückwunsch!
Danke und immer „Gut Knie!"

Ostern 2005

Eifelverein Potsdam-Teltow e. V.

Wanderfahrt ins Eichsfeld

Die Osterfahrt ins Eichsfeld
war eine neue Erlebniswelt.
Wir gingen über Berg und Tal.
Auch Klippen gab es allzumal.
Und wanderten um Ershausen.
Dort machten wir auch Pausen.

Alle freuten sich über die schöne Natur.
Es war fast eine Erholungskur.
Wir rasteten dann ein Weilchen
zwischen Himmelschlüsseln und Veilchen.
Die Vögel sangen ein Lied dazu.
Über allem lag eine herrliche Ruh.

Leider war es etwas naß und kalt
und der Wind blies auch am Wald.
Lag das Eichsfeld 'mal ganz am Rand,
so liegt's jetzt in der Mitte vom Land,
in Deutschlands grünem Herzen.

Gela, 1992

Brandenburg, mein Heimatland

Brandenburg, mein Heimatland
wie bist du doch so schön.
Ob Spreewald oder Havelland,
der Endmoränen Höh'n.

Brandenburg, mein Heimatland
du hast der Städte viel.
Ob Cottbus, Frankfurt oder auch Berlin,
die sind mein nächstes Ziel.

Brandenburg, mein Heimatland
du bist mein ganzes Glück.
Ob Wüstensand, ob Palmenstrand,
zu dir komm' ich zurück.

Brandenburg, mein Heimatland
ich mag dich ja so sehr.
Ob Prinzen, Grafen, Kapital,
dich geb' ich keinem her!

Gela, 26.07.1993

Ein schöner Wandertag

Es war am 10. Januar,
als unsere 1. Wanderung für '98 war.
Wandern wir mal bei Regen und Sturm
von der Glienicker Brücke zum Grunewaldturm!
So dachten wir noch am Morgen bang
und gingen immer an der Havel entlang.

Doch nach einer Stunde riß der Himmel auf
und schickte die Sonne auf ihren Lauf.
Sie schien mit warmen Strahlen hernieder.
Die Vögel sangen Frühlingslieder.
Wir Wanderer genossen die Sonne
und die schöne Landschaft mit großer Wonne.

Es war ein Tag voller Freude und Licht.
Am Havelhöhenweg hatten wir gute Sicht.
Spandau grüßte uns aus der Ferne.
Auf Schwanenwerder wären wir gerne.
Nach tapferem Wandern, Erzählen und Spiel,
erreichten wir das erwählte Ziel.

Am Grunewaldturm machten wir eine Pause
und hatten Zeit für eine zünftige Jause.
Der Abend kam schon übers Land,
so daß der Mond am Himmel stand,
als wir gemeinsam heimwärts zogen.
Die Sorgen waren glatt verflogen.

Wir danken für diesen schönen Tag,
an dem uns die Freude zu Füßen lag.

Gela, 11.01.1998

Wanderungen in und um Bautzen

Ostern 2015 verbrachte unsere Wandergruppe in Bautzen, Oberlausitz. Wir waren in einer Jugendherberge in der Gerber-Bastei untergebracht, die zur ehemaligen Stadtbefestigung gehörte.

Gleich am Ankunftstag machten wir einen Stadtrundgang und erkannten, daß die Altstadt auf einem Hügel liegt und die meisten Häuser restauriert waren. Es gab viele historische Kirchen, Marktplätze, Brunnen, Türme und ein prächtiges Rathaus.

Als wir an der Tourist-Information waren, wollten alle reingehen und einen Stadtplan haben. Dort gab es ein ganzes Paket mit Faltblättern, zu denen auch ein Stadtplan gehörte. Wir erfuhren, welche Höhepunkte es zu Ostern in Bautzen geben werde.
Osterreiten, Eier schieben, Markttreiben, Herstellen von Eierdekorationen und vieles mehr stand auf dem Programm, denn wir waren ja im Gebiet der Sorben. Das konnte man auch an den Straßennamen in sor-

bischer Sprache erkennen, die unter den deutschen Bezeichnungen standen.

Am nächsten Tag (Freitag) fuhren wir mit dem Bus nach Obergurig und gingen an der Spree nach Bautzen zurück. Hier gab es einige Stauwehre am Fluß, so daß das Wasser recht munter plätscherte.

An längeren Wegabschnitten wuchsen Buschwindröschen, Szilla und Scharbockskraut.

Am Sonnabend, (4.4.15), fuhren wir ebenfalls mit einem Bus nach Malschwitz. Dort erfuhren wir, daß 1813 auch hier eine große Schlacht in und um das Dorf gegen Napoleon stattgefunden hatte. Wir gingen an vielen Teichen und einer über 800jährigen Eiche vorbei, die so dick war, daß zehn Leute nötig waren, um sie umfassen zu können. Später kamen wir an den Spreestausee, ein großes Gewässer, das zwei Dörfer „verschlungen" hat. An einer Minigolfanlage mit einem Kiosk machen wir Pause, aßen einen Imbiß und ruhten die müden Füße aus. Dann ging es weiter zur Jugendherberge, wo es morgens und abends ein reichliches Essen gab.

Am nächsten Tag (Sonntag) konnten wir auf eigene Faust die Umgebung der Stadt erkunden. Eine Wanderfreundin und ich gingen auf dem „Grünen Ring", den ehemaligen Wallanlagen, um die Altstadt. Jetzt sind hier Parkanlagen mit seltenen Gehölzen. Wir besichtigten auch das berüchtigte Gefängnis in Bautzen, das nun ein Museum ist.

Am Ostermontag war wieder eine geführte Wanderung in Kleinwelka zu einem Irrgarten und einem Saurier-Park geplant. Aber das Aprilwetter spielte uns einen Streich. Schon seit den Morgenstunden wirbelten Schneeflocken umher und machten die Natur weiß. Da hatte kaum einer mehr Lust, nach Kleinwelka zu fahren. Nur meine Wanderfreundin Ingrid und ich ließen uns von dem Schneefall nicht abhalten und fuhren nach Kleinwelka. Wir gingen aber nicht zu den Schauanlagen, sondern machten alleine eine Wanderung zurück nach Bautzen.

Bald hörte der Schneefall auf und erste Sonnenstrahlen kamen durch die Wolkendecke. Wir mußten zuerst an einer Straße bis nach Lubachau laufen, dann ging ein Wanderweg zum Stausee ab. Als wir kurz hinter dem Dorf waren, war unser Wanderweg durch einen Zaun und ein Schild „Privatbesitz/ Betreten verboten!" versperrt. Wir gingen ein Stück zurück, fanden einen anderen Weg in die richtige Richtung, standen aber bald wieder vor einem Zaun. Wir mußten uns an einem Feldrain entlangzwängen, bis wir wieder an dem Wanderweg waren, der auf der Karte eingezeichnet war. Wir waren empört, daß Wanderwege und andere Gelände nach der Wende privatisiert worden sind und so das Wandern erschwert oder unmöglich gemacht wird. Das ist nicht nur in Bautzen so, sondern auch am Griebnitzsee, am Groß-Glienicker See und an vielen anderen Orten Ostdeutschlands.

Wir gingen weiter, sahen den Spree-Stausee von weitem und gingen an seiner Westseite nach Süden. Kurz vor Bautzen kamen wir an einen besonders schönen Abschnitt der Spree und wanderten bis zum Stadtteil

„Gesundbrunnen". Von dort ging es durch ein Neu-
baugebiet zu unserem Quartier.

Wir hatten dem Wetter getrotzt, Schwierigkeiten
überwunden, die Schönheiten der Natur bewundert
und waren stolz auf unsere Leistung. Aber auch die
anderen Wanderfreunde hatten den Tag angenehm
verbracht, so daß alle zufrieden waren.

Am Dienstag fuhren wir wieder nach Hause und
freuten uns über die schöne Wanderfahrt.

Gela, 18./1904.2015

Die Autorinnen:

GELA (Jahrgang 1943)

Hobbies: Theatergruppe, Wandern

Christel Hübner (Jahrgang 1930)

Teltowerin, war als Sachbearbeiterin tätig und war später in der Kulturarbeit eines Großbetriebes tätig. Seit sie im Unruhestand ist, hat sie mehr Zeit für die Mitwirkung in einer Singegruppe.

Sie bäckt und kocht noch immer leidenschaftlich gern und greift dabei auch gern auf Rezepte zurück, die schon seit ewigen Zeiten im Familienrezeptbuch aufgeschrieben wurden. Sie hat 2 Töchter und 3 erwachsene Enkelkinder und ist glücklich, wenn sie zusammen sein können.

Susanne (Jahrgang 1987)

Ist in Potsdam geboren und aufgewachsen. Sie lebt mit Ihrem Sohn und einem Hund noch heute in Potsdam und arbeitet schon seit ihrer Ausbildung bei der Arbeiterwohlfahrt. Nachdem sie eine Seniorenfreizeitstätte in Werder und später dann in Potsdam geleitet hat, arbeitet Sie jetzt bei der AWO Teltow als Projektleiterin Inklusion. Dort setzt sie sich für Menschen mit und ohne Behinderung in Teltow, Stahnsdorf und Kleinmachnow ein.

Ihre Hobbys sind Lesen, Wandern und Malen.

Carmen Sabernak (1958)

Schreibt am liebsten mit Blick auf das Meer oder auf ihrer Rosenbank im Familiengarten.

Bisher erschienen

Aus der Reihe „Perlen unserer Erinnerung"
sind bereits erschienen:

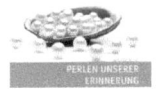

„Hannas Weihnachtsengel"
erschienen 2013 im BoD Verlag

ISBN: 9783732280414
Preis: 5,00 Euro

„Begegnungen im Leben"
erschienen 2013 im BoD Verlag

ISBN: 9783732280889
Preis: 5,00 Euro

„Verlust und Wiederfinden"
erschienen 2015 im BoD Verlag

ISBN: 9783734745812
Preis: 5,00 Euro

„Elli"
erschienen 2015 im BoD Verlag

ISBN: 9783734769276
Preis: 5,00 Euro

„Mein Berlin - Mitten mang und Dichte bei"
erschienen 2015 im BoD Verlag

ISBN: 9783738613599
Preis: 5,00 Euro

„Am Wege blüht Vergissmeinnicht"
erschienen 2015 im BoD Verlag

ISBN: 9783738629262
Preis: 5,00 Euro